Inhalt

Syaku präsentiert

Die Natur einer reinen Seele

7. Kapitel

Ah ... Ist das erfrischend ...!
Machst du das immer noch?
Heutzutage müssen sich auch Männer um die Hautpflege kümmern!
PATSCH
PATSCH
FLUTSCH
Seit ich das gesagt habe, kaufst du Gesichtswasser und anderes Zeug ...
Du hast keine Falten, also wozu Hautpflege betreiben?
Aber du hast gesagt, ich hätte eine! Mein äußeres Erscheinungsbild ist zu jung für Falten!
Das war eine Lachfalte! Die bleiben nach dem Lachen noch ein bisschen!
Vielleicht ist das einfach Veranlagung?
Das ist bisher noch nie vorgekommen!
Dann hast du es vermutlich einfach nur nicht bemerkt.

Oder du fängst jetzt doch an zu altern.
Hast du Angst vor Veränderung?
Herr unsterbliches, niemals alterndes Mononoke?

Jedenfalls bin ich nicht darauf gefasst, plötzlich zu einem alten Opa zusammenzuschrumpeln.
Dafür, dass du deine Unsterblichkeit so beklagst, hängst du ziemlich stark am Leben.
Ich und am Leben hängen?
Du stehst auf die ersten Saisonfrüchte oder andere Sachen, denen eine lebensverlängernde Wirkung nachgesagt wird.
Nach dem letzten Frost gepflückt
Du achtest auf deine Ernährung ...
... auf ausreichend Bewegung und machst sogar manchmal Muskeltraining.
Geht gern auf dem Berg spazieren.
Ab und zu ein Bier.
Du rauchst nicht und trinkst höchstens ein paar Schlucke Alkohol.
Ich denke, das machen eine Menge Leute so.
Das Leben eines Menschen ist vergänglich.
Bestimmt legst du gerade deshalb ...
... Wert auf eine gesunde Lebensführung.

Aber falls du jetzt doch alterst ...
Was könnte das hervorgerufen haben?
Yao Bikuni
Vielleicht bist du in Wahrheit wie Yao Bikuni und deine 800 Jahre Lebenszeit nähern sich dem Ende?
Die Nonne, die der Legende nach 800 Jahre lebte, nachdem sie das Fleisch einer Meerjungfrau aß.
Hm ... Ist nicht ausgeschlossen.
Ich steh aber nicht so auf Meerjungfrauenfleisch.
TSCHACK
FLAPP
Na ja, ich werde weiter wie bisher in den Tag hineinleben.

Diese Frage beschäftigt mich schon länger.
Du hast gesagt, Menschen sollten alle fünf Sinne nutzen, versteckst dich aber selbst hinter deinen langen Haaren.
So kannst du gar keine Falten entdecken.
Außerdem behindern sie dich beim Sehen und Hören.
Es ist Sommer und heiß.
Soll ich sie dir abschneiden?
Nicht nötig. Aber du kannst sie mir wieder flechten.
Na hör mal ...

Zeig mir auf diese Weise ...
... was du mir zeigen möchtest.
Aber dann ...
!
Mh ...

SST
Sag doch einfach, dass du sie nicht abschneiden willst!
Ich will, dass du sie anfasst.
WUSCHEL
WUSCHEL
Wenn's sein muss.
So meinte ich das eigentlich nicht! Ach, was soll's ...
Ähm ...
Du bist ein richtiger Kussteufel, Toki.
So fasst du das auf?
Pass auf, dass du niemanden belästigst!
SCHÜTTEL SCHÜTTEL
Wir haben noch einen weiten Weg vor uns.

DOMM
Amazake-koboshi*
Kawase-Fest**
DOMM
DODOMM
Tanabata-Fest***
Es geht ganz schön rund bei diesen Festen.
Eis
Umso mehr reinigen sie die Seele.
*Fest, bei dem man sich mit süßem Sake begießt
**Festlicher Umzug, bei dem ein Schrein zum Fluss getragen wird und dort eine rituelle Reinigung erhält
***Fest, das das Wiedersehen von Wega und Altair am Nachthimmel feiert

*gebratene Nudeln

**mit Anko gefülltes Küchlein ***Kuchenspezialität aus Nagasaki

****gebackene Teigbällchen mit Oktopus-Stückchen

Regionales Gemüse
Was darf's sein?
Zwei Portionen!
Macht 400 Yen*.
*ca. 3 Euro
Aber dass mich ein geplatztes Date so runterzieht ...
Mit Frühlingszwiebeln?
Ja, bitte.
Ha ha! Ich bin selbst noch grün hinter den Ohren.
ZUCK
Na ja ...
Das Date hätte sowieso unter Aufsicht seines Aufpassers stattgefunden.
Yashio.
**leichter Sommerkimono
Micchan!
Bist du allein?
Ja.
Du trägst ja einen Yukata**!
Toki muss durchhalten, bis die Schweinesuppe ausverkauft ist.

*gegrillte Hühnchenspieße

**Suppe aus Innereien

*Anspielung auf Takao Saitos Manga-Reihe *Golgo 13*, die von einem Auftragsmörder handelt

Im Schatten ist es schön kühl.
Aber dafür gibt es hier Mücken.
WATSCH
Erst mal setzen ...
Du hast ja richtig zugeschlagen.
Einen Teil davon gibt es zum Abendessen.
Aber vielleicht ist es doch zu viel.
WUPP
Yashio ...
... deine Füße ...
Hm? Hab ich was an den Schuhen?
Nein, es ist nichts ...
Micchan.

Ich hab Mini-Castellas.
Magst du Süßes?
RASCHEL
Aah ...
AUFREIß
Aah?
KAU
KAU KAU
Hach ...
Bin ich denn der Einzige, dem so was peinlich ist?

!!
SCHRECK
Trockenfleisch
AUFREIB
Hat er sich als Hund angewöhnt.
Kein Wunder, dass du dich füttern lässt, wenn ich ihn dir so hinhalte.
Entschuldige, Micchan.
Wie in einem Manga für Mädchen!
Lässt du den Kerl weiter bei dir wohnen?
Du machst dir wirklich Sorgen um Toki, was?
Nein, du verstehst mich falsch.
Er ist ...

Gibst du mir auch was ab?
Ist schon alles ausverkauft?
So was schaffe ich im Handumdrehen.
Die verlockende Suppe hat ihren Teil dazu beigetragen.
Yashio, sei vorsichtig auf dem Heimweg.
Nicht nur die Menschen sind in ausgelassener Stimmung.
Ist Mic-chan ein Ninja?

RASCHEL
Die Luft war zum Zerreißen gespannt. Habt ihr Streit?
Er ist schnell eingeschnappt.
Ich habe versäumt, ihm zu danken.
Du siehst ihn bald wieder.
Wo sind eigentlich meine Takoyaki?
Du hast sie vergessen, stimmt's?
Hab ich nicht.
Du willst dich doch sicher auch noch umsehen.
Nachts sind Feste durch das Licht der Straßenlaternen und der Lampions besonders schön.
Wenn wir also schon mal hier sind ...
Sieh es doch als eines von den Dingen an, die ich dir zeigen will, ja?
Und warum hast du den Haargummi rausgemacht?
Kämm sie dir doch komplett nach hinten!
NÖRGEL
NÖRGEL

DOMP
Zeig mir so viel du willst.
BATSCH
Jeder kann uns sehen!
Bist du bescheu-ert?!
Och, scha-de.

Das Unkraut hat schon wieder gewuchert ...
Es ist nicht kleinzukriegen.
*Grab der Familie Yokami

Du bist ein fleißiger Aufseher, Respekt.
Aber Yashio ist nicht hier.
Ich dachte schon, er beißt mich tot.
KRATZ

RAUSCH
Uh, ist das kalt!
Schön kühl.
Wuff!
Mitsu!
Bist du auf Patrouille?
Du bist so fleißig!
Hepp
RAUSCH
SCHUBS
Willst du fragen, warum ich nicht ins Wasser gehe?
Ich habe ja kein Handtuch dabei ...
STUPS
ZERR
Wah!
Ah!
Warte!
FWUPP
An so einem Ort, Mitsu?!
FWUPP
FWUPP
FWUPP

Ich kann mich doch selbst ausziehen ...
Es sind noch ein paar Spuren zu sehen ...
... aber es tut überhaupt nicht mehr weh.
Danke, dass du dich um mich gesorgt hast.

Na ja, beim Baden hat es am Anfang gebrannt ...
KRATZ
... aber Toki hat wohl nichts gemerkt.
Am Anfang dachte ich ...
... du würdest Toki aus dem Haus jagen, Mitsu.
Er war einfach suspekt, egal wie man es betrachtet.
Toki ist offenbar ein Mononoke, weißt du?
Wraff!
Ha ha.
Ich hab dir wirklich nur Sorgen bereitet.
Aber jetzt ist alles gut.

FLAUSCH
Was denn?
FLAUSCH
STREICHEL
STREICHEL
Möchtest du durch-geknuddelt werden?
FLAUSCH

SST
Oh, danke.
Ich hab einen ganz schönen Umweg gemacht.
Die Blumen müssen schnell ins Wasser.
Oma hat mir erzählt, dass es Aufgabe der Kinder ist, die Blumen für Obon* zu pflücken, und sie hat mir gezeigt, wo auf dem Berg man sie findet.
Jedes Jahr habe ich mich verlaufen und du hast mich gefunden, Mitsu.
*Fest, bei dem der Verstorbenen gedacht wird
ZUPP
Dieses Jahr habe ich es endlich alleine geschafft.
Wir haben wirklich schon Obon!
Meine Eltern kommen bestimmt auch nach Hause.
Dieses Jahr hat mir Toki bei der Grabpflege geholfen. Es ist schon richtig schön ge...
PLATSCH

Er ist wirklich schwer beschäf-tigt ...

Die Natur einer reinen Seele

Die Natur einer reinen Seele

8. Kapitel

*kleine Klöße **gedämpfte, gefüllte Teigtaschen

BLITZ
Oh.
GROOOOLL
Das Gewitter ist ganz schön nah.
Zum Glück hat es nicht während der Verabschiedung der Toten angefangen.
Gute Nacht.
Du gehst schon schlafen?
Ja.
Denk ans Zähneputzen.
Ja.
Hä ...?
Nein, das kann nicht sein.

RATTER
ガラ
ガラ
RATTER
ぱしん
KLICK
ばさっ
FLAPP
KLACK
スチャ
ゴロゴロゴロ…
GROOOOLL
Werter Blitz, verschone dieses Haus ...
PRASSEL
ピシャーーン
BIEP
Soll ich die Fensterläden schließen?
Es gibt wirklich Highschool-Schüler, die sich unterm Moskitonetz vor Blitzen verstecken?

* ... In Japan erzählt man Kindern, dass Blitze den Bauchnabel stehlen ...

Früher hat in der Nähe mal ein Blitz eingeschlagen ...
... und einen Baum gespalten.
Es war laut ...
... und alles bebte.
Der Baum ging in Flammen auf ...
Aber Angst habe ich nicht.
Komm!
Komm!
Und hepp!
Was soll das?
Lass uns gemeinsam das Gewitter anschauen.
Bin ich ein Baby, oder was?

*Angststörung, die bei Betroffenen durch Gewitter ausgelöst wird

Südlich vom Hauptgebäude stehen zum Schutz vor Blitzen Trompetenbäume.
Hier wird keiner einschlagen.
Hast du dir ...
... auch mit jemandem die Blitze angeschaut, als du eine Gottheit warst?
Eine Gottheit, hm?
Du hast selbst gesagt, du wurdest verehrt!
Na ja, ich hatte ja sonst nichts zu tun.

Da musste ich erst hunderte Jahre rumkriegen, damit ich jetzt deinen Rücken beschützen kann, Yashio.
So ein Quatsch.
Wo hast du denn diese schnulzigen Sprüche her?
Wenn ich es so betrachte, ist alles gar nicht mehr so schlimm.
ZAPP
Es heißt, in Jahren mit vielen Blitzen fällt die Reisernte reich aus.
Vor Urzeiten dachten die Menschen, das Licht, das in die Erde fährt, lasse die Reispflanzen kräftig gedeihen.
Darum nannten sie das Licht »Inazuma«, »die Gemahlin des Reises«.
übrigens ...
Wenn sich ein Blitz entlädt, wird der Stickstoff in der Luft gespalten. Die Stickoxide verbinden sich mit dem Regen und fallen zur Erde.
Sie helfen den Pflanzen beim Wachsen. Hat offenbar den gleichen Effekt wie Stickstoffdünger.
Wo nimmst du bloß solches Wissen her?
Von deinen Großeltern!
Das bedeutet, dass auch Blitze einen Zweck erfüllen.
Der Donner ist weit weg.
Das Gewitter zieht schon weiter.

Ich fühle mich ...
... sicher.
Was essen wir morgen Abend?
In den Bergen ist es zwar kühl, aber es soll drei Grad wärmer werden als heute.
Wie wäre es mit Nudeln in kalter Brühe?
Was möchtest du essen, Yashio?

Darf ...
... ich ...
... dich auch küs-sen?

LECK
Hn ...!
Mh ...
Huff ...
Hn ...
Mmh ...
ZUCK
Uh ...
Hah ...
Darf ich dich anfassen?
Wo willst ...
... du mich ...
ZUCK
!

GRAP
PACK
He!
Was ...
Hast du es dir noch nie von einem Mädchen machen lassen?
Na-türlich nicht!
Ah?!
ZUCK
Uh ...
Hn ...
Toki ...
ZUCK
Nicht ...
Ah ...
GUTSCH
Uwah ...
ZUCK

Uh ...
Huff ...
Uh ...
Mh ...
Huff ...
Mh ...
Hn ...
Mh ...
Ah!
Huff ...
Mh ...
Mh ...
Mmmh ...
TSCHUPP
ZUCK
Hn ...!!

...!!
ZUCK
Hah ...
KRAFTLOS
Hah ...
Die Blitze ...
... haben sich verzogen.

Das ist ...
BLUSH
SPRING
FWUPP
BATSCH
Wisch das ab und wasch dir die Hände!
Och ...
Na gut. Es donnert ja nicht mehr.
Hä?
Dann will ich nicht länger stören.
Hm?
Soll ich bei dir schlafen?
Vergiss es!
DOSCH
Gute Nacht.

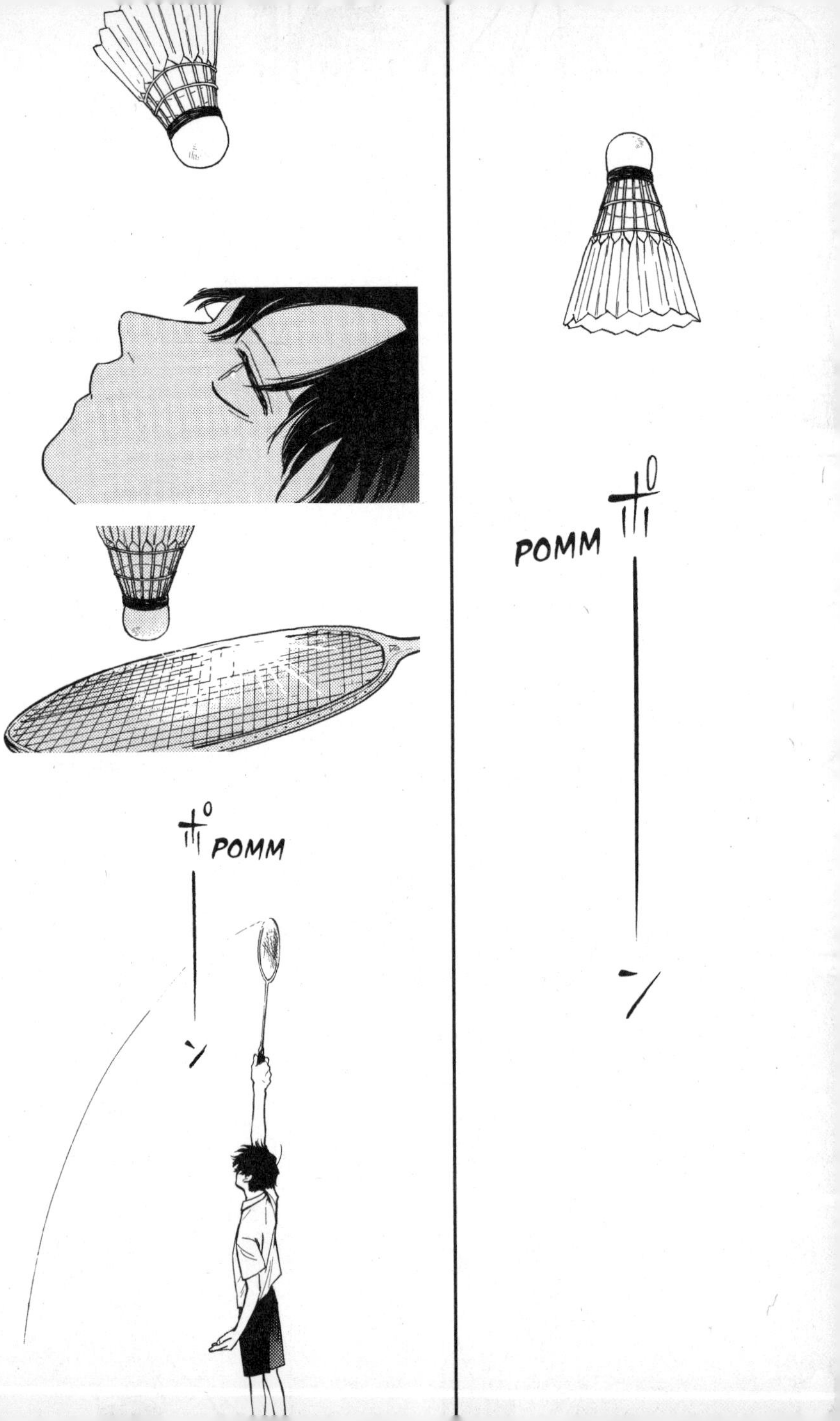
ポーン
POMM
ポーン
POMM

He, Yashio!
übst du mit mir den Clear?
Klar!
QUIEH
Hast du die Hausaufgaben fertig?
Zwei Drittel etwa.
PAMM
Kaum Freizeit in den Ferien ...
Echt mal.
PAMM
Naotor
PAMM
Bist du mit deiner Familie verreist, Tora?
Du wirkst abgespannt.
Ja. Besser gesagt, hat sich die ganze Familie versammelt. Ich war hinterher total hinüber.
Warst du irgendwo, Yashio?
Im Supermarkt.
PAMM
Also wie jedes Jahr.
PAMM
Toki hat doch ein Motorrad. Fahrt ihr nicht weg?
Eine kleine Spritztour, oder so?
FYUU
KLONK
Wah!
Sorry!
Trainer
Yokami!
Ja ...
Nur weiter so!
Nächstes Jahr sind Uniprüfungen!
Dann haben wir noch weniger Freizeit!
Ja!
Stimmt.
Ich muss mich ...
... konzentrieren!
Mit voller Hingabe zuschlagen!

POMM
PAMM
DOSCH
Wah!
Sorry!
Yokami!
Tut mir leid!
Nur weiter so!
QUIEH
Ich hatte ja schon vorher den Eindruck, dass Toki ...
... engen Körperkontakt sehr mag.
Aber wie er mich berührt hat ...
Das war ...
... vollkommen anders.
Männer findet er also auch sexuell anziehend ...
POMM
Wieso muss ich jetzt an Micchan denken?
QUIEH
Er ist oft um Toki besorgt.
Und zwischen ihnen ist die Luft irgendwie gespannt ...
Ob sie wirklich Freunde sind?
Ich hab das Gefühl, da ist mehr ...
Yashio, bereitet dir das Leben mit ihm hier irgendwelche Probleme?
Lässt du den Kerl weiter bei dir wohnen?

Sind Toki und Micchan ...?
Ah!
Irgendwie ...
... nervt mich das ziemlich.
PAMM
Was genau ...
... haben Toki und ich überhaupt ...
... für eine Beziehung?
Was bin ich ...?

*gekochte, kleingehackte und in Miso getauchte Rettichblätter

Soll ich dich ablösen?
KRSCH
KRSCH
Sag mal, Toki ...
Hm?
KRSCH
KRSCH
Küsst du auch Micchan?
KRSCH
Wie bitte?
Ständig suchst du Hautkontakt. Darum hab ich mich gefragt, ob du dasselbe mit Micchan machst.
Auf dem Fest habt ihr euch auch komisch benommen.
...
Ich kann mir nicht vorstellen, dass Micchan etwas angestellt hat.
Deshalb vermute ich, du hast was Seltsames angestellt und ihn damit verärgert.

...
Hast du?
Und wenn es so wäre?
Was würdest du dann tun, Yashio?
Was ich ...?
Wenn es einvernehmlich war, ist doch nichts dabei, oder?
Möchtest du mir irgendwas sagen?
Ah ...
Deine Neugier ist erbarmungslos.
Ich Idiot ...
Ich weiß ...
... dass ich ...
... na ja ... dass ich dir wichtig bin ...
Wenn du und Micchan also diese Art von Beziehung habt ...

... dann werde ich nicht mehr ...
Yashio ...?
Es ist nichts.
Ich ...
... möchte niemand sein, der sich wegen jeder Kleinigkeit beschwert.
Ehrlichkeit ist am wichtigsten!
Ich will dir eine reinhauen ...!

KÜSS
Mh ...
GRR
Du ...
Als ob ich Micchan küssen würde.
Hä ...?
Nie im Leben.
Nur über meine Leiche.
Stimmt, Freunde sind wir nicht. Eher so was wie Gleichgesinnte.
Und warum fragst du dann »Und wenn es so wäre?«?
Du machst alles so kompliziert!
Ich wollte, dass dir etwas bewusst wird.
Was denn?
Dass du den Tränen nahe warst, liegt daran, dass du dachtest ...
... Micchan und ich stünden uns auf diese Weise nahe. Das hat dich traurig gemacht.
Du wolltest mir eine reinhauen, weil du wütend und eifersüchtig warst.

Die Ursache für diese irrationalen Gefühle ...
... ist dir klar, oder?
... nervt mich das ziemlich.
Die habe ich auch.
Ich möchte dich gut behandeln ...
... und dich verwöhnen.
Die Liebe ist kompliziert.
Gleichzeitig möchte ich dich ...
... verwirren und ärgern.

Lie...
Hast du es jetzt begriffen?
FLAMM
FLAMM
FLAMM
MASSIER
Liebe ...
...
Yashio? Jemand zu Hause?
Das ist mir schon lange klar!
Spätestens, seit wir uns geküsst haben!
So was macht man nicht, wenn man sich nicht liebt!
Dann hast du es dir jetzt eingestanden?
Ugh ...!
Das heißt ...
... du und ich ...
... wir sind ein Liebespaar?
Ich halte es nicht für nötig, unsere Beziehung unbedingt mit einem Stempel zu versehen ...
... aber wenn du es benennen möchtest, ja.

Dass du ständig so viel Hautkontakt suchst ...
... liegt daran ...
... dass du ...
... mi... mit mir Schmuddelkram machen willst?
Ich möchte eine ganze Menge mit dir anstellen.
Und ich bin der Einzige, den du anfassen möchtest ...?
Ja.
Was ist mit dir, Yashio?
Möchtest du, dass ich dich berühre?

Ja.
DONK
QUALM
Ich konnte mich gerade noch zurückhalten.
Du hast dir den Kopf echt heftig angeschlagen.
ZERR
Wah!

He!
FWOMP
Ha ha ha!
Hmpf ...
»Hmpf«?
Jetzt bist du schon ein bisschen peinlich.
Das ist mein Text!
Yashio.
Heute ist wirklich ein besonderer Tag.

Ja ...

がばっ
RUCK
!
Puh ...
Das war knapp.
Echt knapp.
Pass doch auf!
Das war meine Nase!
Beruhig dich wieder ...
Hast du auch keine Beule bekommen, Toki?
Also gut.
Dann lass uns mit diesem Hochgefühl Nudeln kochen!
Ich wette, sie werden überkochen.
Da ist doch eine Beule.
BLUBBER
BLUBBER
Ah.
BLUBBER

Wie funktioniert Sex zwischen Männern überhaupt?
BIEP
Hab ich runtergeschluckt.
Wo ist dein Schamgefühl von eben hin?
BLUBBER BLUBBER BLUBBER
FLÜSTER FLÜSTER
Na ja, es kommt drauf an, wie weit man geht, aber ...
ERBLEICH
SCHÜTTEL SCHÜTTEL SCHÜTTEL
Völlig unmöglich.
Was für eine heftige Ablehnung ...
SCHÜTTEL SCHÜTTEL
Was hast du geschluckt? Eine Nudel?
Ich hab eine Menge Lebenserfahrung. Das bring ich dir schon bei!
Du kümmerst dich ja sonst auch gut um mich.
Du bist bloß ein notgeiler alter Sack.
Aber ...
... gibt es da nicht einige ...
... Probleme?
Na ja ...
Unter der Dusche geht es zwar auch ...
... aber ein Einlauf ist besser.
Ja.
Hä?
Hä ...?
PIPIPIEP
PIPIPIEP
BLUBBER
BLUBBER
SPROTZ

Die Natur einer reinen Seele

Die Natur einer reinen Seele

9. Kapitel

fermentierte Sojabohnen ** Sauce auf Basis von Zitrusfrüchten *** Braunalgenart

Puh ...
Heute ...
Einlauf 40
×20
Nicht zur oralen Einnahme!
... ist es so weit.
Also gut ...
Legen wir los!
Ist nicht so einfach, wenn du dabei derart zurückweichst ...
So wird das nichts ...

Den Tag, an dem wir S... Sex haben ...
... haben wir eine Woche im Vorfeld festgelegt.
Hast du eine Ahnung, wie ich mich in der Zeit gefühlt hab?!
Für mich ist es auch das erste Mal.
Aber es ist eine ziemliche körperliche Belastung.
Das muss man richtig planen.
Ich wette, es hat dir Spaß gemacht, zuzusehen, wie nervös ich die ganze Zeit war!
So langsam verstehst du, wie ich ticke.
Du bist ein Arsch!
War nur Spaß.
Danke.

Du traust dich, so was zu sagen?
Das ist etwas, was man zu zweit macht. Dafür bedankt man sich nicht!
Es macht mich aber glücklich, dass du dich extra dafür vorbereitet hast.
Einer Memme wie dir kann ich diesen Part ja nicht zumuten.
Du bist wirklich ein ganzer Mann, Yashio!
QUIEH
Gut, dann zieh dich aus und knie dich vor mich.
Damit geht es los?
Mach die Augen zu!
Ach, dich auszuziehen ist dir peinlich, ja?
Ich würde ja gerne zusehen.
Wenn ich dürfte.
FWW
Toki!
Jaja.
!

!
ZUCK
Am Anfang fühlt es sich bestimmt komisch an ...
... aber du gewöhnst dich daran.
Uuh ...
ZUCK
GRAP
ZUCK
He!
Was machst du da?!
Wenn er nicht steif ist, finde ich die richtige Stelle nicht.
Welche Stelle ...?
Uh ...
GLITSCH
Konzentrier dich auf das angenehme Gefühl.

DRÜCK
SCHAUDER
...!
Hah ...
Ich fühle mich ...
... irgendwie komisch ...
Wie genau?
Mein ganzer Körper bebt ...?
SCHAUDER
SCHAUDER
Uh ...
GLITSCH
Hn ...
Uh ...
Kh ...
ZUCK
Huff ...
Uh ...
ZUCK
ZUCK

Hah …
Ah!
Das war irgendwie …
GRAP
ZUCK
Auch Männer besitzen eine Stelle, die man stimulieren kann.
Halt die Finger still!
Yashio, du bist sehr empfindlich. Nicht lange, und das wird reichen, um dich kommen zu lassen.
GUTSCH
GUTSCH
Sehr vielversprechend.
Worauf?
Darf ich auch …?
…
ZIPP
Musst du unbedingt auch da unten so g… groß gewachsen sein?
Du bist der Erste, der sich darüber beschwert.
So groß ist er auch wieder nicht.
Der Erste …

Und der soll ...
... in mich rein?
...!
Mach es so, wie wenn du es dir selbst machst.
Hah ...
Er wird nicht schlaff ...
... also ist es gut so ...?
LINS
BZZ

BLUUUSH
Du solltes doch di Augen zumachen!
SCHWUPP
Wie könnte ich? Wäre doch viel zu schade drum.
Darf ich dich anfassen?
!
ZIEH
...!
Uh ...
Ah ...
Ah ...
Mh ...!
Hah ...

Hah ...
Ah ...
FLAPP
Hah ...
RITSCH
KNEIF

Toki ...
Hm ...?
Ist ... ... schon ... ... gut.
Ich hab mich vorbereitet.
Denk nicht, dass ich das nur für dich getan habe!
Ich will es auch.
REIB

Atme tief ein.
FLUPP
Hng ...
Hah ...
Huff ...
Uuh ...
Ist er ganz drin ...?
Nur die Spitze.
Das pack ich nicht!

Ah ...!
Huff ...
Uh ...
Aah ...
Hah ...
Hah ...
Hah ...
Ah ...
Mh ...
ZUCK
Mh ...
Tut es weh?
...!

Irgend-wie ...
... hat er reinge-passt ...
Pff.
Wunder-bar!
TSCHUPP
SCHAUDER
...!
Hah ...
Hn ...
Uuh ...
Ah ...
Hah ...
Hn ...
Ah ...

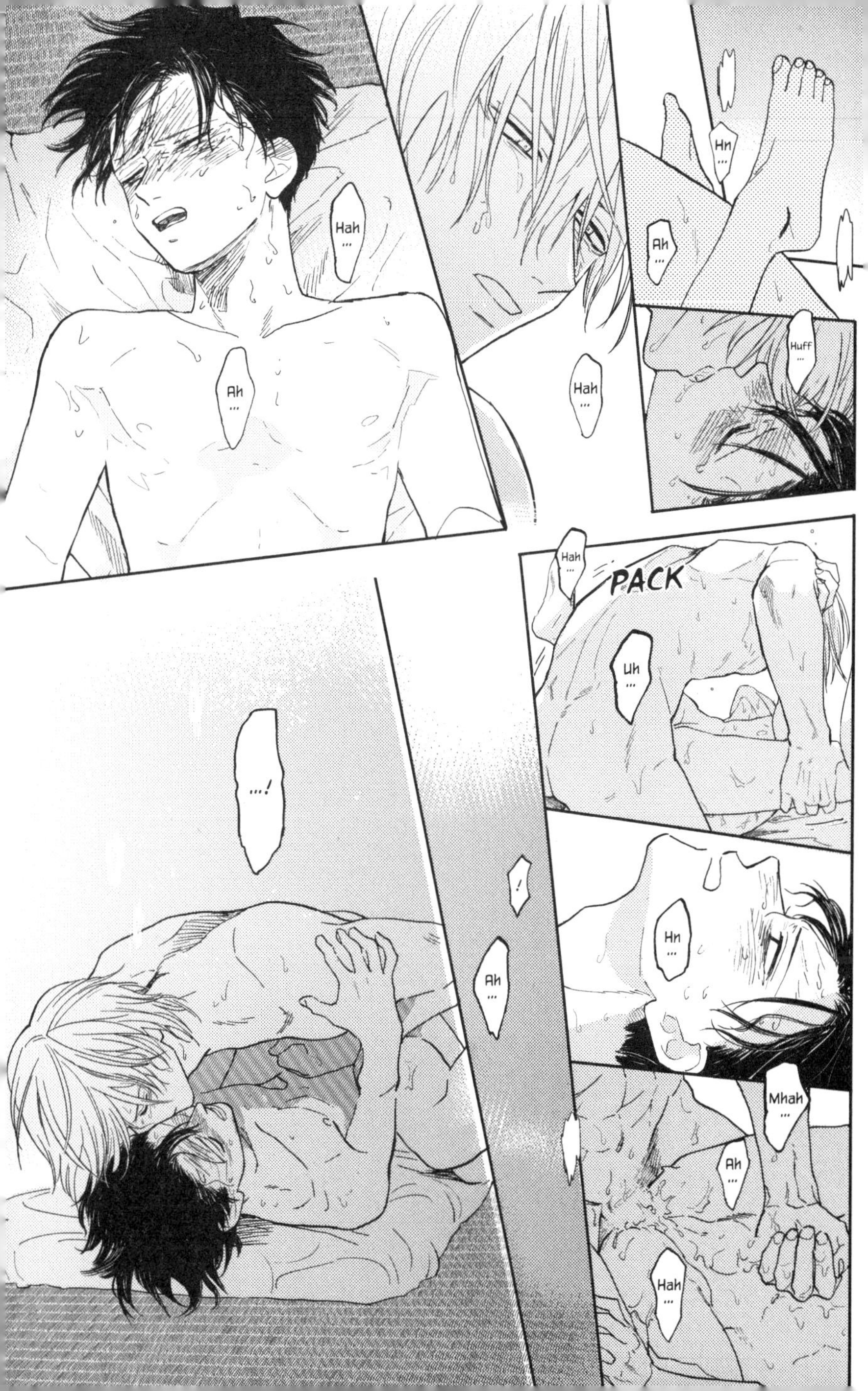
Hn...
Ah...
Huff...
Hah...
Hah...
Ah...
Hah...
PACK
Uh...
Hn...
Mhah...
Ah...
Hah...
!
Ah...
...!

Hah ...
Ah ...
FWOMP
Hn ...
Hah ...
Hah ...
Wie war ich?
Wer von uns beiden ruiniert hier die Stimmung?!
Sex mit einem Mann ...
... funktioniert also tatsächlich.
Das ging mir durch den Kopf.
Ana-lyse
Das freut mich.
Dass der komplett reinpasst ... Der Körper ist schon erstaunlich.
ZUPP
Ich will dich ...
... ja nicht erschrecken, aber ...
Du verarschst mich?!
ERBLEICH
Wir gehen's langsam an. Erst mal soll es sich für dich auch hinten gut anfühlen.
Bis dahin ...
Die Prostata.

Toki ...
War es denn auch für dich angenehm?
Kann ein Mann wie ich dich befriedigen?

Du erfüllst mich so sehr, dass ich nicht weiß, wohin mit meinem Glück.
Den Rest mache ich.
Du kannst ruhig schlafen.

WUSCHEL
Waaaaah!
Da drückt was gegen mich!
Der Körper lügt eben nicht.
!
Wenn es dir ...
... mit der Hand ausreicht ...
... kön-nen wir noch ein bisschen weiterma-chen.
がばっ
RUCK
Mit der Hand!
Der Hand!
PALIM

Aber ...
... ich will noch mehr.

Vibrationsmodus
8:51
24. August (So)
Verpasster Alarm 7:30

BRUTZEL
Ah! Guten Morgen.
Sind Würstchen und Ei zum Frühstück in Ordnung?
BRUTZEL
DOMM
Oh!
Dabei bist du noch nie vor mir aufgestanden!
Du genierst dich immer so leicht.
Schneidest du die Frühlingszwiebeln?
BRUTZEL
Ich möchte etwas Frittiertes ...
Seien wir heute mal etwas bescheidener.

Yashio.

Reicht das nicht langsam?
Du musst doch lernen.
Das ist zu wenig ...
Was?!
Werde ich kahl?!
Hast du deswegen plötzlich angefangen, mich zu kämmen?!
Mitsu ...
Bei der brütenden Hitze willst du mit diesem Fellknäuel kuscheln?
Ich habe ihn etwa seit Obon nicht mehr gesehen.
Das ist noch nie vorgekommen.

Mitsu?
Der hat sich gestern beim Schrein blicken lassen.
Ach so ...
Soll ich mal meinen Onkel, den Priester, fragen?
Nein, schon gut.
Vorgestern soll er Goro wieder nach Hause gebracht haben.
Goro war schon wieder ausgebüxt?
Eigenartig, dass er dich nicht besucht, Yashio.
Ja, ich frage mich warum.
...
Arbeitet er heute?
Toki? Ja.
Bis kurz nach Mittag.
Traust du ihm immer noch nicht?
DIREKT
Ich komme nicht mit ihm klar.
Wenn er nicht da ist, ist alles gut.
Du kommst ja aus einer Priesterfamilie. Ist vielleicht ein sechster Sinn.
Nimm's ihm nicht übel, Toki.

Aber irgendwie ...
... war er an diesem Tag ...
Hm ...?
Heißt das, du bist alleine vom Berg runtergekommen?
Ja.
Ohne dich zu verlaufen?
Ja.
...!!!!
Wenn du deswegen derart gerührt bist, ist mir das echt peinlich!
Dabei war dein Hang, dich zu verlaufen, so stark, dass selbst ein Exorzismus wirkungslos war ...!
PEINLICH BERÜHRT
Na gut ...
Gehen wir zurück. Ich will Azusa sehen.
Babu!
Ah!
Vielleicht kommt Mitsu ja genau deshalb nicht mehr?

Weil ich mich nicht mehr verlaufe?
Aber ...
... er hat schon recht.
Mitsu hat mir nur Gesellschaft geleistet.
Und ich habe dafür gesorgt, dass ich nicht mehr auf ihn angewiesen bin.
Er kommt einfach nur nicht mehr zu mir, weil es nicht mehr notwendig ist ...

Bin wieder …
KLACK
Nanu?
Ist er abgehauen, um sich vor den Hausaufgaben zu drücken?
Ich habe doch Eis mitgebracht.
Oder will er es am letzten Ferientag noch mal so richtig krachen lassen?
SCHWUPP
Nein, das kann nicht sein.
TIPP TIPP TIPP TIPP
Der gewünschte Gesprächsteilnehmer …
… befindet sich außerhalb der Empfangsreichweite …
Yashio
Rufaufbau
… oder hat sein Empfangsgerät abgeschaltet.
Was nun?
RASCHEL
RASCHEL
Verdammt …

Wo bin ich hier?
Ich habe mich wirklich verlaufen! Wie konnte das nur passieren?!
DADAMM
Ich bin nicht bloß vom Weg abgekommen.
Ich brauche dringend Hilfe!
Ah ... Das Gefühl ist mir vertraut ...
Aber dafür hab ich jetzt keine Zeit!
Für solche Fälle habe ich mir eine Offline-Map runtergeladen.
Andererseits hab ich damit auch noch nie nach Hause gefunden!!!
*GPS funktioniert auch, wenn man keinen Empfang hat.
Ich habe mich wirklich ...
... viel zu sehr auf Mitsus Hilfe verlassen.
Selbst jetzt ...
... warte ich ...
... darauf, dass er kommt.

Mitsu ...!
Ah!
War-te!
RASCHEL
RASCHEL
RASCHEL
RASCHEL
RASCHEL

...!
Ah ...
Stimmt ...
Als ich ihn zum ersten Mal sah, war es auch so ...

Hah ...
Der Blauregen ...

Mitsu!
Ent-schul-dige.
Und vielen Dank!
Ich weiß, du bist sehr beschäftigt ...
... aber komm doch wenigstens zum Futtern vorbei ...
... ganz egal wa...
SCHAUDER
KNIRSCH
Wah!
STOLPER
RASCHEL
Aua ...

Mitsu ...?

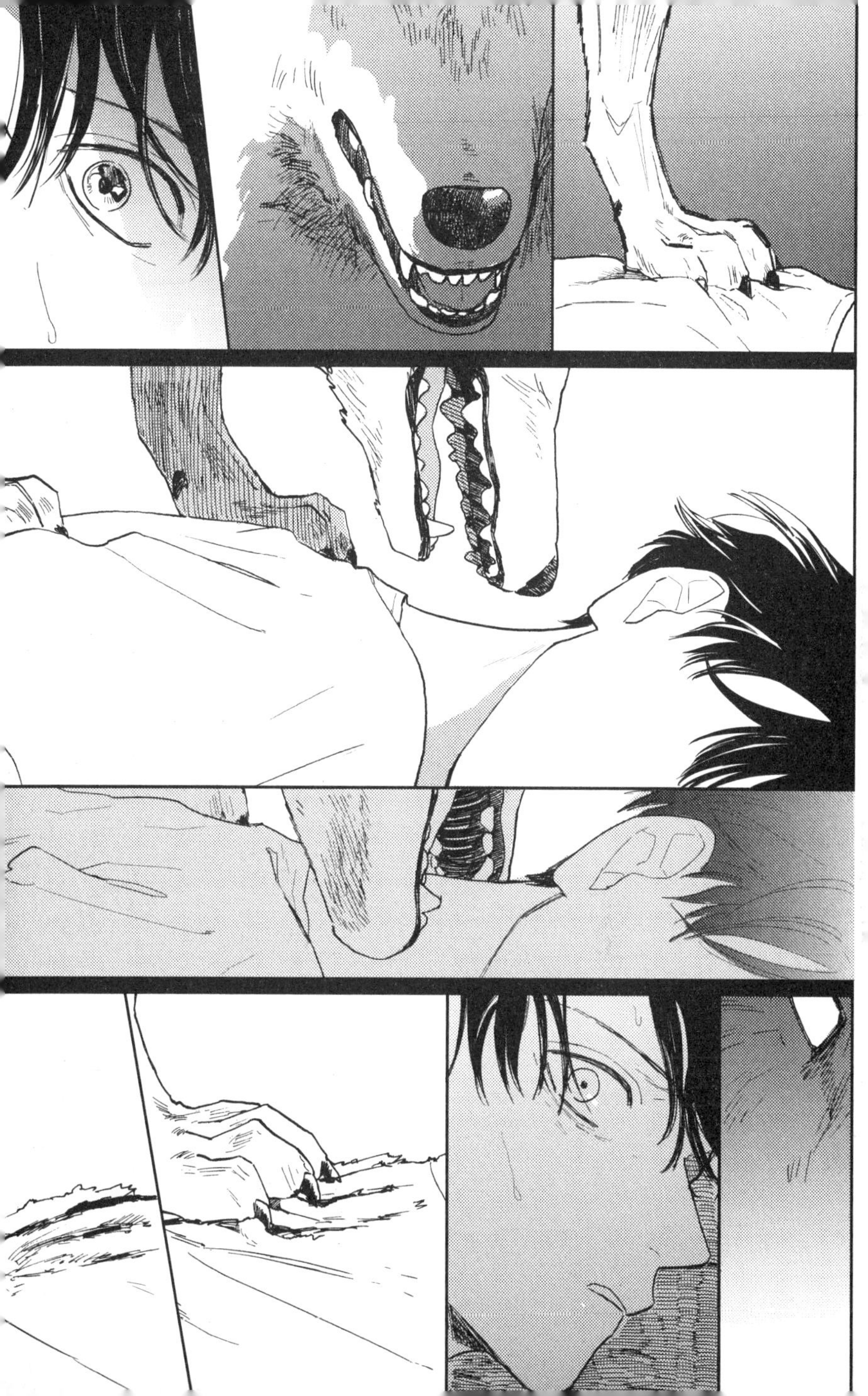

Ah ...
DODOMM
Hah ...
DODOMM
DODOMM

TULULULULU
FWOOO
RAUSCH
RAUSCH
TULULULULU
Empfang hat er wieder ...
Ausgerechnet an einem Unglückstag wie dem Herbstanfang ... Wenn das kein schlechtes Omen ist ...
17:16
1. September (So)
RAUSCH
Er wird doch nicht von den Stürmen fortgerissen worden sein ...?
Ah.
Was treibst du denn?
Yashio vermisst di...

10. Kapitel

Was hat der nur?
Hach ... Hab ich mich erschreckt ...
Toki!
Oh!
Yashio!
Wo warst du denn?
Sag nicht, du hast dich wieder verla...
ERLEICHTERT
Hast du Mitsu gesehen?
Er müsste in diese Richtung gelaufen sein.
Nein ...
Du hast ihn getroffen?
Nur kurz gesehen.

Ich gehe noch eine Weile nach ihm suchen.
Da fällt mir ein, ich habe Eis gekauft.
Ich hab es eventuell im Eingang liegen lassen.
Gehen wir zurück, bevor es schmilzt.
Iss es ruhig ohne mich.
Hm ...
In dem Fall kann ich nicht so tun, als hätte ich diese Wunde nicht gesehen.
Das sind Kratzspuren ...
... eines wilden Tieres.
...
Yashio.
Es könnte ...
... irgendwas mit ihm sein.
Mitsu ...
... hat noch nie ...

SCHMERZ
Yashio.
Ist dir in solchen Momenten nicht zum Weinen zumute?
Du darfst dich gern an meiner Brust ausweinen.

PATT
...
Damit sind wir quitt!
Ja.
Hasst er mich ...
... jetzt etwa?
So habe ich Mitsu noch nie erlebt ...
Er war immer lieb ...
... warm ...
... und ich konnte auf ihn zählen.
Aber heute ...

Er ist eben ein wildes Tier.
Er ist ein Geschöpf der Berge.
Mitsu hat sich dazu entschieden, Yashio von sich wegzustoßen.
So wie ich es damals getan habe ...
Yashio ... Mitsu ist ...
Ist er wütend geworden, weil ich so einen Blödsinn gemacht habe, mich absichtlich zu verlaufen?
Oder ...
... ist alles Bisherige bedeutungslos geworden, jetzt, wo ich nicht mehr auf ihn angewiesen bin?
Das ...

GRUMMEL GRUMMEL GRUMMEL GRUMMEL
... verzeihe ich ihm nie!
WANK
GRUMMEL GRUMMEL
Jetzt ist bei dir 'ne Sicherung durchgebrannt, was?
GRUMMEL GRUMMEL
Das bedeutet Zoff!
Wenn er Streit will, kann er ihn haben!
Ruhig Blut ...
Dass er mir von sich aus die Freundschaft kündigt, akzeptiere ich nicht!
Wenn ich ihn auch provoziere, dann ist es ein Streit, stimmt's?
Stimmt's?
SCHLUCK
Oh, das ist eine beeindruckende Argumentation.
Du willst dich mit einem Hund anlegen?
Es tut echt weh ...
Mitsu verhält sich schon seit einer Weile komisch.
Als würde er mir aus dem Weg gehen ...
Dabei waren wir vor Kurzem noch total verschmust. Das kann ich nicht hinnehmen.
Verschmust?
Hast du dich wieder beruhigt?

Außerdem ...
... würde er so was niemals grundlos tun.
Erst mal informiere ich alle über die Operation »Fangt Mitsu« (Sie geben Bescheid, wenn sie ihn sehen)!
TIPP
TIPP
TIPP
TIPP
Das ist dein Ernst, ja?
Zuerst lässt du deine Wunde von einem Arzt ansehen.
Ich hab noch Salbe von letztens ...
Ah!
Letztens?
Hab nichts gesagt!
SCHÜTTEL
SCHÜTTEL
SCHÜTTEL
Dann geh ich zu Doktor Akabane.
Puh, das war knapp.
Ich rufe sicherheitshalber an.
Mit dem Motorrad schaffen wir es vor Feierabend.
Schnell, bevor das Wetter umschlägt.

Wir sollten die Wunde wohl erst mal säubern, bevor wir zum Arzt gehen.
Hach, allein bei der Vorstellung fühle ich deinen Schmerz.
Tut mir leid, Toki.
Ich habe heute schon mit Hiro Eis gegessen.
Papico
Hä?!

RAUSCH
STÜRM
RATTER
RATTER
TROPF
TROPF
Danke
Danke für die Hilfe.
Kein Ding.
Heute
Ziel nicht gesichtet.
Der Wind ist noch stärker geworden.
STUPS
ZUCK
Dieses Jahr ist es wirklich stürmisch.
Ob es ihm gut geht?
Niemand kennt die Berge so gut wie Mitsu.
Das mag ja sein ...
SCHMIER
SCHMIER
Aber er hat sich seitdem nicht bei Hiro blicken lassen ...
... und auch sonst hat ihn niemand aus der Stadt gesehen.

Ob ihm was zugestoßen ist?
Ich muss wohl wirklich zu ihm gehen.
Das sagst du so ...
Dich zu verirren wäre diesmal noch dein kleinstes Problem.
FLAMM?
RITSCH
Ich kenne Mitsus übliche Route und weiß, wo sein Schlafplatz ist.
Und ...
... es gibt hier ja jemanden, der einen Verirrten nicht sich selbst überlassen würde.
Du kannst auf mich zählen!
Was soll der komische Blick?
Ich helfe Yashio ja gerne, aber es nervt mich, dass er nichts anderes als Mitsu im Kopf hat.
Wegen dem Regen können wir jetzt sowieso nicht in den Wald.
Ich hasse diese Warterei.

!
He!
Ich verliere auch die Geduld!
Warum denn?
Ich bin eifersüchtig!
Wie sehr liebst du Mitsu eigentlich?!
FLIEH
FOLG
Wegen Mitsu?!
Sei nicht albern!
Ich kenne ihn ...
... eben schon, seit ich klein war.

Nicht lange nachdem ich bei meinen Großeltern eingezogen war ...
... spielten wir alle zusammen Verstecken.
Ich kannte mich in den Bergen nicht aus und verlief mich.
Niemand hat mich gefunden und ich fand den Heimweg nicht.
Mach dich auf was gefasst. Ich wurde mal eine ganze Nacht nicht gefunden!
Dann lieber nicht.
Aber dann traf ich Mitsu.
Ich war am Ende meiner Kräfte ...
... und konnte nicht mehr laufen.
Doch Mitsu hat mich nicht allein zurückgelassen. Er blieb die ganze Zeit bei mir.

Er war so warm ...
Ich schlief ein und als ich aufwachte, lag ich zu Hause in meinem Bett.
Erst dachte ich, es war ein Traum, aber dann hat Oma mich so richtig doll ausgeschimpft.
Seitdem kam Mitsu jedes Mal, wenn ich mich verirrt hatte.
Wir tollten herum und manchmal nahm er mich zu seinem Schlafplatz mit.
Jeden Morgen gingen wir zu dritt zur Schule.
Oma, Mitsu und ich.
Als Oma nicht mehr so gut laufen konnte, gingen wir zu zweit.
Und auch danach ...
Aber Mitsu ist ein Hund.
So stattlich er auch ist, in ein paar Jahren wird seine Lebenszeit ablaufen.
Hm ...
Da wäre ich mir nicht so sicher. Er kannte ja sogar Yashios Großvater.
Ich möchte nichts bereuen.

Da ist der Schrein.
Das ist die Wegmarkierung.
Ab hier findest du dich zurecht?
Ja.
Dank dir werde ich zum ersten Mal selbst zu Mitsus Schlafplatz finden.
Dann werde ich hier warten. Geh nur.
Hä?
Na, das ist doch so was wie eure Geheimbasis.
Hi hi!
DOSCH
Ich bin wirklich neidisch.

Der Bau ist mit Erde und Sand verstopft ... Hier war er nicht.
RASCHEL
Ist ihm doch etwas zugesto...?
RUTSCH
Uwah!
Ups!
Was machst du hier?
Mic-chan! Wie kommst du hierher?
Ich bewache dieses Gebiet.
Du bewachst es?
ZIEH
ZIEH
Was hast du hier zu suchen, Yashio?
Die Berge sind in der Sturmsaison gefährlich.
Steig wieder hinunter!
Kennst du Mitsu ...
... den Hund des Berges?
Er ist groß, flink und flauschig.
Was ist mit dem Hund?
Na ja, ich mache mir Sorgen, weil man ihn in letzter Zeit gar nicht mehr sieht.
Du bist hier, um ihn zu suchen?

Ein Streuner kann dir doch egal sein.
Bring dich wegen so einem nicht in Gefahr!
Aber was, wenn er verletzt ist?
Tiere leben in der Natur.
Der Tod ist ihr ständiger Begleiter.
Nicht nötig, deshalb traurig zu sein.
Vergiss ihn!
Denkst du das wirklich, Micchan?
Bei wilden Tieren ist das eben so? Ich soll mich damit abfinden?
Das meinst du nicht wirklich, oder?

Hör auf, mit bitterer Miene so traurige Sachen zu sagen.
Das ist nur ...
... ein gut gemeinter Rat!
Ich werde Mitsu weder vergessen noch aufgeben.
Er bedeutet mir sehr viel.
Ich bin einsam, wenn ich ihn nicht sehen kann.
Falls er krank ist, einen Unfall hatte oder etwas Schlimmes durchmacht, wäre ich untröstlich.
Und falls ...
... er umgekommen sein sollte ...

Mitsu.
Ich lebe jetzt allein.
Ob Papa und Mama nun häufiger nach Hause kommen? Wahrscheinlich nicht.
Na ja, egal.
Das soll jetzt nicht heißen, dass das der Grund ist ...
... und ich weiß, dass ich nicht so anhänglich sein sollte ...
... aber ...
... hast du was dagegen, wenn ich denke: »Ich habe ja Mitsu!«?

Was ich gesagt habe ...
... tut mir leid.
Ich helfe dir suchen.
Hunde sind hart im Nehmen.
Bestimmt streunt er irgendwo herum.
Das hoffe ich ...
Oh, aber wenn das stimmt, erhärtet das die Theorie, dass er mich einfach nur nicht mehr leiden kann.
Das wäre hart ...
Mach nicht so ein Gesicht, nur weil ein Hund dich nicht leiden kann!
Außerdem ist das nur eine Vermutung.
Allein die Vorstellung ...
... dass einen eine geliebte Person nicht ausstehen kann, tut weh.

Mic-chan?
Du hast doch ihn.
Hä?
Meinst du Toki?
TROPF
Wie kommst du jetzt auf ihn?
Ihr liebt einander, oder nicht?
Was?!
Du hast Toki, also ...
... brauchst du mich nicht mehr, dachte ich.
Ich fühlte mich betrogen ...
... und schrie innerlich »Du hast doch mich!«.
Toki ist nicht Mitsu. Das eine hat mit dem anderen nichts zu tun!
Wieso fragst du mich so was?
Für mich ist er unersetzlich.

Ja ...
Aber dieses Gefühl, dich haben zu wollen, auch wenn ich dich verletze ...
Du hast Micchan getroffen?
Er will tiefer im Wald suchen.
Ach so?
Das war ja klar.
Es sah nicht so aus, als wäre er bei seinem Schlafplatz gewesen.
Ich würde gern am Pass nachsehen, wo er immer seine Runde macht. Einverstanden?
Geht klar.

Worüber hast du mit Micchan gesprochen?
Bist du jetzt auch noch auf Micchan eifersüchtig?
Erfasst. Ich bin gelb vor Eifersucht!
Du bist ein hoffnungsloser Fall.
Hm ...
Ich weiß jetzt, dass Micchan sehr warmherzig ist, aber seine Gefühle unterdrückt.
Was habt ihr gemacht ...?
Und er mag Körperkontakt.
Was habt ihr gemacht?!
Also ärgere Micchan nicht so sehr!
Du hast doch bestimmt was zu ihm gesagt.
Er war komisch drauf.
Ich hab gar nichts zu ihm gesagt.
Bitte schieb nicht immer alles auf mich!
Schmoll nicht gleich!
Es könnte sein, dass Mitsu ...
... auch nur schmollt.

Ah!
GRINS
PATT

Mitsu ...
FLAUSCH
Zur Strafe ...
... knuddel ich dich kaputt!
Hervorragender Richterspruch!
Warum bist du mir aus dem Weg gegangen?!
Der Prozess wäre abgeschlossen.
WUSCHEL
JAUL
JAUL
WUSCHEL
WUSCHEL

Der Gott des Mondes wird »Tsukuyomi no mikoto« genannt.
Früher glaubte man, er besäße die Gabe zur Verjüngung und Reinkarnation.
Aha?
Angeblich gibt es auf dem Mond einen Wundertrank, der unsterblich macht.
Das darfst du dir nicht entgehen lassen!
Du sagst es.
Aber warum gibt es schon wieder so viele Manju?
Stapel
Heute ziehen die Kinder von Haus zu Haus, um sie zu essen.
Ach, zum Fest der »Mondschau-Diebe«? Vergiss es.
So tief in die Berge kommen die Kinder nicht.
Bis zum Morgen werden sie weg sein.
Hä? Sind wir in einem Horror-Film?
Nimm das.
Die Mini-Castellas hat er ja gegessen.
Ich denke, er wird sie mögen.

Trinkst du?
Nicht mit dir!
Dachte ich mir.
Dabei ist das so ein guter Mond-schau-Sake.
Was willst du?
Echt schroff!
Bitte.
Zum Dank, sagt er.

Tsuwako war eine gute Lehrerin.
ZUPP
Deshalb hast du mich gerufen?
Ich wollte mich auch ...
... bei dir bedanken.
Verhöhnst du mich?
Sieht aus, als wärst du für ihn eine wichtige Stütze.
Ich bin hier ...
... weil ich Yashio von seiner Unreinheit – seiner Einsamkeit – befreien wollte.
Stattdessen schenkt er mir Lebensfreude.
Du bist nicht der Einzige, der umsichtig ist.
Er ist schon immer so gewesen.
Du hast doch seine Eltern getroffen, oder?
Ja ...
Seine Eltern ...
... ich und ...
... auch du ...
Wir wollen alle von Yashio verwöhnt werden.

SCHUMM
KLATSCH
KLATSCH
Du bist genauso ein Idiot wie ich, Mitsu.
Verletzt ihn und lässt dich dann ungeniert von ihm aufmuntern.
Dabei könntest du genauso gut an seiner Seite sein, wenn du mich aus dem Weg räumst.
Ich führe nicht das Leben eines Menschen.
Verhöhnst du mich?
Wenn das Yashios Wunsch ist, drücke ich selbst bei dir ein Auge zu.
Und inzwischen kann ich dich damit eh nicht mehr verhöhnen. Mann!
Du hast es wirklich gut.
Ja ... Danke.
Also echt. Wenn ich sehe, wie tief deine Zuneigung für ihn ist ...
... kommen mir meine eigenen Gefühle so unrein vor.
Dabei sind fleischliche Gelüste doch nichts Schlechtes.
WANK
Hä ...?
Was ...?
Du hast Yashio doch nicht etwa ...?
Sag bloß, das ist dir entgangen?
Ja, ich hab Hand angelegt.
Einvernehmlich.
Waaaaaaaas?!?!

Duuuuu hast mit Yashio ...?!
Sorry.
ah!
Yashio ist ein Mann!!
Hab ich gesehen.
Wenn du nicht wärst ...
... hätte ich mich damit zufriedengegeben, bei ihm zu sein, bis er »jemanden« findet.
Dann wäre er Vater geworden und hätte neues Leben hervorgebracht.
Wird die Linie der Yokami nun mit Yashio enden?
Es ist zu früh, um den Teufel an die Wand zu malen.
Die Gefühle der Menschen sind so wechselhaft wie die Jahreszeiten.
Wirf Yashio nicht mit dir in einen Topf!
Ha ha ...
Wenn du doch wenigstens herzloser wärst ...
Na ja, ich habe jedenfalls nicht vor, ihn zu verlassen.
Darum unterweise ich ihn im Sex.

TROPF
Menschen lassen sich nämlich allzu leicht von der Lust fesseln.
Ah. Das hat dich ja total angewidert.
Ach, mach dir keine Sorgen.
Wenn es an der Zeit ist, das Feld zu räumen, werde ich mich zurückziehen.
Ach ja, und ...
Die Wunde, die du ihm zugefügt hast, werde ich sorgfältig behandeln.
Er wird keine einzige Narbe behalten! Du kannst beruhigt sein!
Als ob ich zuließe, dass eine Narbe bliebe!
Yashio ... Mit dem da bist du wirklich glücklich ...?
Um seine Füße hast du dich ja gekümmert.
Yashio wird dich nicht hergeben.
Hmpf.
Das sagt der Richtige.

Ich seh hier nur ein Kind, das Manju futtert.
Ähm ...
Im Ernst?
ZZZ
ZZZ
KNIPS
Bin wieder zu Hause.
High-school-Schüler sind dafür doch schon zu alt!
Pff.

Stimmt ja ...
Ich glaube ...

... damals dachte ich, wie sehr es mir wider-strebt.

11. Kapitel

*Suppe aus Wurzelgemüse und Tofu

Operationen machen mir etwas Angst ...
Es gibt ja nicht nur die Chirurgie.
Die Uni wäre viel zu weit weg.
Dann müsste ich zu Hause ausziehen. Das will ich nicht.
Niemals.
Also wenn das dein größtes Problem ist ...
Unbewohnte Häuser verfallen doch im Handumdrehen.
Ich will nicht, dass mein Zuhause als Ruine endet.
Außerdem ist für mich die Frage, was es heute zum Abendessen geben soll, viel dringender.
Realitätsflucht?
Oh, aber ...
Falls ich wirklich weggehen sollte, würde Toki dann ... mitkommen?
Wie wird überhaupt ...
... meine Zukunft mit Toki aussehen?
»Verstehst du, was das bedeutet?«

Ah ...
KNIPS
Reicht das langsam?
Gehen wir spazieren.
Unglaublich, dass Azusa schon ihr Köpfchen heben kann.
Bald krabbelt und läuft sie ...
Darauf freu ich mich.
Hauptsache, sie bleibt gesund.
Danke für das Brot. Kaede hat das Backen für sich entdeckt, was?
Sie hat sogar einen Brotbackautomaten gekauft! Ich will mal wieder Reis essen.
Oh!
Mitsu!

Ist Goro schon wieder ausgebüxt?
Begleitest du uns auf dem Heimweg?
SCHNUPPER SCHNUPPER
Sag mal, Hiro ...
... machst du dir über die Zukunft Gedanken?
Du meinst nicht die Berufswahl, sondern allgemein die Zukunft?
Wieder so eine Frage aus dem Nichts ...
In der Mittelstufe ist das doch auch gerade Thema, oder?
Ich mache mir schon Gedanken ...
... aber es hängt alles davon ab, ob ich es auf die Schule schaffe, auf die ich möchte.
Typisch Hiro ...
Du behältst im Blick, was vor dir liegt ...
Bereitet dir das Kopfzerbrechen, Yashio?
Eigentlich habe ich meine Entscheidung schon getroffen, aber ...
Sag bloß, deine Eltern sind dagegen?
Nein, sie lassen mir freie Hand.
Das war ja klar.
...

Ist es wegen Toki?
Ich habe noch nicht mit ihm darüber geredet.
Hm ...
Der Kerl ist mir nicht geheuer und ich komme nicht mit ihm klar ...
... aber er wird deine Wünsche ernst nehmen.
Da bin ich sicher.
Hmpf.
Aber wenn er dich um Geld anbettelt oder so, dann sag es mir sofort, ja?!
Auf dich ist Verlass.
Wuff!

19
Juni 2019
Kle
Marmeladentoast mit Schweinesuppe?
Ich wollte das Brot gerne heute essen.
Das ist von Kaede.
Du fährst neuerdings voll auf Kenchinjiru ab, was?
Guten Appetit!
Wenn es kalt wird, bekomme ich einfach Appetit darauf.
Schmecken sie dir nicht?
Doch, ich mag sie auch.
Na dann …
Jetzt darf ich endlich mal die Marmelade probieren.
Wolltest du sie nicht aufheben, weil sie haltbar ist?
Toki.
Heutzutage gibt es Kühlregale in den Supermärkten!
Du konntest es nicht erwarten, was?
Toast mit Marmelade hat sich für mich noch nie so ausschweifend angefühlt wie heute.
Die Stiele von den Maulbeeren zu entfernen war nervig, was?
19

KNUSP
KNUSP
Le-
cker.
Das wird
aber nicht
als Stär-
kung rei-
chen.

Ah!
Aah!
Lan-ga...
Ah!
Nicht ...
Uh!
Uh!
Hng ...
Hff ...
Hah ...
Hah ...
Ah ...
Huff ...
Uh ...
Uh ...
Ah ...

Lass sie jetzt endlich in Ruhe!
Sie sind so hart. Das ist süß.
Geiler Bock!
Na komm.
Spiel selbst daran herum.
Hn ...
Huff ...
Uh ...
Uuh ...
Uh ...
Hah ...
Hn ...

...!
Ah ...
Uh ...
Hn ...
REIB
Huff ...
Ah ...
Hah ...
Wie unan-
stän-
dig ...
ZUPP
RITSCH

Du brauchst kein Kondom zu benutzen.
Doch. Sonst bekommst du Bauchschmerzen.
Yashio, sollte das mal eine Frau zu dir sagen, darfst du auf keinen Fall auf sie hören!
Ich bin aber keine Frau.
Du darfst mit mir ruhig tun, was du mit Frau Yosuga nicht tun konntest.
Du bist nicht ihr Ersatz!

Mit mir kannst du keine Kinder zeugen.
Mit einem anderen Partner als mir könntest du das nicht tun.
Das ist etwas, das nur ich von dir bekommen kann.
Und das ...
... möchte ich haben.
Schenk mir diese Erfahrung!

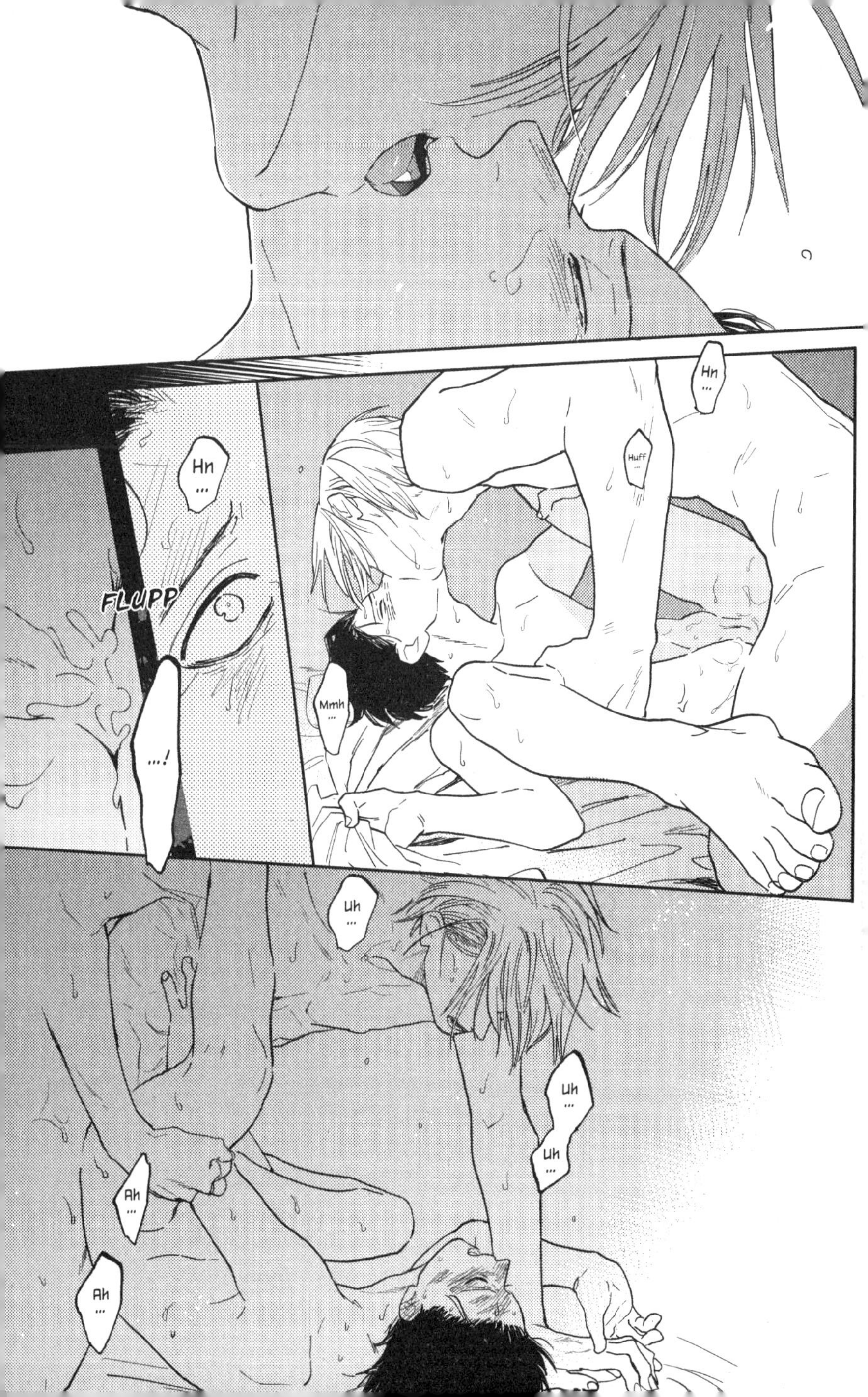
Hn …
Huff …
Mmh …
Hn …
FLUPP
…!
Uh …
Uh …
Uh …
Ah …
Ah …

Huff...
Hn...
Ah...
Uh...
Uh...
Uh...
Hah...
Ah...
Ah!
Ah!
Uh!
Ah!
Uh!
Wah!
...!

SPRRZ
Oh!
Hah...
Ah...
Uwah!
To...
Mh...
Uh...

Bist du sauer?
Haben wir wenigstens einen Schritt nach vorn gemacht?
Mir raubt er den Verstand und er allein bewahrt sich die Selbstbeherrschung.
Es ärgert mich, dass er so vernünftig ist.
Aber das ist wohl der Preis dafür, dass er jahrhundertelang seinem Verlangen widerstehen musste.
Er kann sich wohl nicht fallen lassen.
Gib dich nicht damit zufrieden, nur knietief im Meer der Lust zu stehen!

*gefüllte Reisbällchen

Darf ich dich im Schnee eingraben?
Bauen wir ein Iglu?

TSCHACK
Was ist das in dem Baum? Vogelnester?
Das sind Misteln.
Vögel verbreiten ihre Samen und mit viel Glück finden sie ein geeignetes Milieu, um Wurzeln zu schlagen.
Man nennt sie auch »Nest der Tengu« oder »Thron der Götter«.
Wegen ihrer unglaublichen Lebenskraft werden sie auch als heilig angesehen.
Also wie religiöse Objekte, ja?
*dicke Weizennudeln in einer Misosuppe
Die Außenwand ist jetzt perfekt!
Ich brauche noch einen Moment.
Ich krieg schon Frostbeulen.
KRZ
KRZ
Baut eine Sitzbank.
Heute wärmen wir uns mit Nikomi-Udon* auf.
Mit Kürbis, Karotten und Lotoswurzeln.
Und wir nehmen ein Zitronenbad.
Heute ist die Wintersonnenwende.
Kein Wunder, dass es kalt ist.

*lat. *Adonis ramosa*

Meine Haare sind gefärbt.
Dir ist die Enttäuschung im Gesicht abzulesen.
Also sind sie schwarz?
Nein, sie sind schlohweiß.
Damit wirkst du noch weniger wie ein Mononoke.
Weiß?
Ursprünglich waren sie aber mal schwarz.
Als ich etwa sieben war, wurde ich von weiß schäumenden Wellen verschluckt.
Seitdem sind sie unverändert schlohweiß.
Ich färbe sie nur, weil es mir gefällt.
Menschen neigen dazu, Andersartiges fanatisch … Verzeihung, ich meine religiös … zu verherrlichen.

Schwarzes Haar steht dir gut, Yashio.
Möchtest du mich mit weißem Haar sehen?

Uwah ...
HATSCHI
Hinterm Haus
Trinken wir eine Tasse Kakao?
STAPF
STAPF
STAPF
STAPF
Ich habe mir über-legt ...
... auf eine Kran-kenpflege-schule zu gehen.

Oh?
Dein Traumberuf ist also Krankenschwester?
Krankenpfleger!
Du bewunderst deine Eltern wirklich, was?
Das schon ...
... wichtig war mir aber ...
... dass es so eine Schule hier in der Stadt gibt.
Die erreiche ich von zu Hause aus.
Das ist der Grund?
Es geht um deine Zukunft!
Willst du das wirklich daran festmachen?!
Wie sehr hängst du bitte an dem Haus?!
In deinem Alter will doch jeder eine eigene Wohnung in Tokyo!
Dieser Junge mal wieder ...
KRSCH
KRSCH

Ach so.
Du würdest mich alleine weggehen lassen?
Quatsch.
So war das nicht gemeint.
Ich habe dir Beeren vom Himmelsbambus geholt.
Toki ...
... willst du mich überhaupt mit weißem Haar sehen?

Ich verstehe jetzt, was du gemeint hast.
»Ich bin ein unsterbliches, niemals alterndes Monster ...
... und du ein Mensch.«
Ich habe nur das Hier und Jetzt gesehen ...
... und nicht über die Bedeutung deiner Worte nachgedacht.
Wie weit hast du unsere gemeinsame Zukunft im Blick?
Falls du dir die Veränderungen an dir nur einbildest ...
... und du nach wie vor unsterblich und ewig jung bist ...
... dann tut es dir sicher weh, zuzusehen, wie ich an deiner Seite alt und runzlig werde und schließlich sterbe, nicht wahr?
Ich kann nicht zulassen, dass du dein Leben an der Seite eines Monsters wie mir verbringst.

Aus mir wird kein Heiliger.
Was ich haben will, will ich haben.
Nein, ich mache nur Spaß.
Aber ich dachte wirklich mal so.
Wird es dir wehtun, Yashio?
Es wird mir nicht wehtun.
Des-halb ...
... ist es am besten, simpel zu denken.
Na ja, es wird sicher belastend.
Belastend also ...
REIB
REIB

Lass uns eine Meerjungfrau suchen.
Wie in der Legende von Yao Bikuni.
Das ist aber alles andere als simpel, weißt du?
Ist bei dir 'ne Schraube locker?
Stattdessen könnte ich auch versuchen, dein Fleisch zu essen ...
... oder dein Blut zu trinken, Toki.
Dein Sperma ...
Du spritzt zwar in mir ab ...
... aber im Anschluss machst du alles schön sauber.
Ich weiß schon, es ist ja gar nicht gesagt ...
... dass das überhaupt was bringt.
Offenbar liebe ich dich so sehr, dass ich sogar so bescheuerte Gedanken habe wie ...
... dass ich gerne versuche, 800 Jahre zu leben, solange du bei mir bist.

Aus mir wurde ein Monster, das den Tod verabscheute und sich ihm beharrlich verweigerte.
Aber in der Nacht, als du dich meinetwegen so schlimm verletzt hast ...
War ich nur eine Nebensache?
... wünschte ich mir mit Leib und Seele zu sterben.
Ich bin jederzeit bereit, dich totzubei-ßen!
Wenn ich denn sterben könnte ...

Wenn ich mein Leben mit dir verbringen kann, Yashio, nehme ich das Ende gerne in Kauf.
Du hast meine Zeit wieder in Bewegung versetzt.
Das ist doch Blödsinn ...
Diese Falte ist der Beweis!
Und sollte wider Erwarten doch nichts dran sein ...
... dann töte mich mit deinem letzten Atemzug.
Wenn ich physisch getötet werde, sterbe ich ja vielleicht wirklich.
Auf keinen Fall. Dann wäre doch alles umsonst.
Wäre es das ...?
Was glaubst du denn, warum ich Krankenpfleger werden möchte?

Beruhigt dich das ein bisschen?
Ich färbe mir mein Haar wieder schwarz und warte.
Bleibst du bei mir, bis wir gemeinsam alt und grau sind?
STECK
Alt und grau?
Was machst du?
Was ist das?
Ein Mistelzweig.
Von dem Ding vorhin?
Ich hab noch mehr davon.
Ich dachte, wir könnten sie als Neujahrsdeko verwenden.

**berühmte Sammlung von 4.496 Gedichten *Sammlung von hundert Gedichten von hundert Dichtern

*Reiskuchen, trad. Neujahrsspeise
**bereits im alten Jahr zubereitete Speisen, da an Neujahr traditionell nicht gekocht wird

Auf diese Weise beseitigen wir mit der Reinheit des Besonderen nach und nach die Unreinheit des Alltäglichen.
Es könnte sein ...
... dass ich dich irgendwann ...
... wieder verletze.
Das könnte ich auch.
Aber wie sollen wir das Leben genießen, wenn wir uns um so was Sorgen machen.
TOCK
Solche Ängste kommen mir automatisch ...
... weil du in meiner Welt so unentbehrlich bist, dass ich dich nicht gehen lassen kann, selbst wenn ich dich verletzen sollte.
Darum sei du bitte meine ganze Welt.

Schenk mir alles, was du hast ...
... sei mein Atem ...

... und verbring dein Leben gemeinsam mit mir.

PACK
Wah!
DOSCH
Aua!
FWOMP
Wah!
RUMS
...
...
Ja ...

Ende

Literaturverzeichnis

Nobuhiro Ito:
»Kegare to kekkai ni kansuru ikkousatsu – ›Kegare‹ to ›Ke‹« (Nagoya Daigaku Daigakuin Kokusai Gengobunka Kenkyuka »Gengobunkaronshu« 24 (1), 3-22 (November 2002)

Kunio Yanagita (Schriftleitung), Minzokugaku Kenkyujo (Herausgeber):
»Minzoku gakujiten« (Maruzen Kabushiki Kaisha, Dezember 2014)

Kunio Yanagita:
»Yokai dangi« (Kodansha, April 1977)

Shinobu Orikuchi:
»Shiobu Orikuchi zenshu daisankan kodai kenkyu minzokugakuhen 2« (Chuko Bunko, November 1975)

Hiro Sachiya:
»Seikatsu no naka no Shinto: kami-sama to no tadashii tsukiaikata« (Shunjusha, Juni 2016)

Katsuji Odate:
»Minzoku no genfukei - Saitama ie no matsuri, mura no matsuri« (Saitama minzoku bunka kenkyujo, Dezember 2001)

Kaneo Tsuneki:
»Chichibu no seikatsu shiki« (Chichi no ki no kai, 1996)

Tokiji Sakamoto, Eiji Yamada:
»Chichibu no minwa to densetsu: minwa densetsu mukashibanashi« (Arimine shoten, 1976)

Tsuguo Tochihara:
»Chichibu no minzoku – Yamazato no matsuri to kurashi« (Mikishobo, August 2005)

Tomoya Tsuruta (Verfasser), Kozaburo Inoue (Fotos):
»Chichibuji no yaso, fuyu haru hen« (Saitama shinbunsha shuppankyoku, Januar 1984)

Tomoya Tsuruta (Verfasser), Kozaburo Inoue (Fotos): »Chichibuji no yaso, natsu aki hen« (Saitama shinbunsha shuppankyoku, August 1983)

Keisuke Ikeda:
»Saiyushu poster happyosho ›Kaminari ga naru to shokubutsu wa seicho suru‹« (Plasma & kakuyugo gakkai henshu iinkai (Herausgeber) »Plasma & kakuyugo gakkaishi = Journal of Plasma and Fusion Research« dai 14 kai kokosei shinpojiumu ›kagaku to plasma‹ jisshi hokoku, Dezember 2016)

Was gefällt dir eigentlich an mir, Yashio?
Mein Gesicht?
Das ist ja mal was ganz Neues.
Wo kommt das denn jetzt her?
Sag schon!
Du bist geschickt, kannst dich aber auch plump anstellen.
Oh.
Voll ins Schwarze.
Deine Motive sind mal mehr, mal weniger offensichtlich. Zum Beispiel willst du mich Dinge sagen lassen, die mir zu peinlich sind, oder du willst sehen, wie ich wütend werde.
Außerdem ...
Obwohl du unsicher wirst, weil du dich fragst, was an dir ich wohl lieben könnte, und Selbstzweifel bekommst ...
... kannst du nicht anders, als mir auf scherzhafte Weise so eine Frage zu stellen.
Hab ich recht?

Die Natur einer reinen Seele
Ende

Autorenkommentar

Es gibt unvorstellbar viele Gründe dafür,
so lange wie möglich zu leben!

Syaku

TOKYOPOP GmbH
Hamburg

TOKYOPOP
1. Auflage, 2022
Deutsche Ausgabe/German Edition

Aus dem Japanischen von Diana Hesse

First published in Japan in 2020 by Ichijinsha Inc., Tokyo.
Publication rights for this German edition arranged through Kodansha Ltd., Tokyo.

Redaktion: Lisa Duty
Lettering: Vibrant Publishing Studio
Herstellung: Mathias Neumeyer
Druck und buchbinderische Verarbeitung:
CPI – Clausen & Bosse GmbH, Leck
Printed in Germany

MIX Papier FSC® C083411

Wir achten auf die Umwelt.
Dieses Produkt besteht aus FSC®-zertifizierten und anderen kontrollierten Materialien.

ISBN 978-3-8420-7119-3

www.tokyopop.de

Die Natur einer reinen Seele

UNTER DER OBERFLÄCHE

Emi Mitsuki

Die Höhen und Tiefen der Liebe

Kobayashi hat seinen Traumjob gefunden: Endlich arbeitet er in der Filmbranche, und dann auch noch mit einem renommierten Regisseur! Allerdings gerät er immer wieder mit seinem Vorgesetzten aneinander und ist daher mehr als genervt. Sein Leid klagt er seinem ehemaligen Kollegen Ishihara, der ihm beim Feierabendbier geduldig zuhört. Eines Abends verschlägt es die beiden jedoch in einen mysteriösen Club und es folgt heißer Sex im Separee ... In ihrem ersten Kurzgeschichtenband erzählt Emi Mitsuki von Leidenschaft, Geheimnissen und überraschenden Gefühlen!

THEO

Nachi Aono

»Seit jenem Tag seid ihr meine Gottheit.«

In einem fernen Land leben Gottheiten namens »Batsu«. Ihre Kräfte werden von den Menschen sowohl geschätzt als auch gefürchtet, weshalb man sie in den hohen Norden verbannte. Doch die Tradition gebietet es, dass den Batsu Diener zur Seite gestellt werden. Sie sollen den Alltag der Gottheiten erleichtern, da Batsu von ihren eigenen Kräften regelrecht verzehrt werden und daher schneller altern. Dies ist die schicksalhafte Geschichte von Batsu Rei und dem Jungen Theo.

BLUE LUST

Hinako

Warum machen wir dieselben Fehler immer wieder?

Durch Zufall kann Hayato seinen neuen Mitschüler Soma von einem Selbstmordversuch abhalten. In der Folge entwickelt er eine Art Beschützerinstinkt gegenüber dem kontaktscheuen Jungen und hilft ihm dabei, sich sozial zu integrieren. In der Mittelschule hatte Hayato einen schwulen Freund geoutet, der somit zum Mobbingopfer wurde, was ihm noch nachhängt. Doch als Soma mehr von ihm will, sieht sich Hayato mit einer ähnlichen Situation wie damals konfrontiert ...

CASTE HEAVEN

Chise Ogawa

Pass auf, wem du vertraust!

Ein Spiel hält die Schüler in Atem: Wer auf dem Schulgelände die Spielkarte des Kings findet, wird über die Klasse herrschen. Azusa ist bereits seit einiger Zeit der King und hat es geschafft, sich Gefolgsleute heranzuzüchten. Doch sein treuester Zögling spielt plötzlich ein falsches Spiel. Karino hat genug von Azusas Schreckensherrschaft und reißt sich die Karte des Kings unter den Nagel ...

TOKYOPOP®

www.tokyopop.de

STOPP!

Dies ist die letzte Seite des Buches!
Du willst dir doch nicht den Spaß verderben
und das Ende zuerst lesen, oder?

Um die Geschichte unverfälscht und originalgetreu mitverfolgen zu können, musst du es wie die Japaner machen und von rechts nach links lesen. Deshalb schnell das Buch umdrehen und loslegen!

So geht's:

Wenn dies das erste Mal sein sollte, dass du einen Manga in den Händen hältst, kann dir die Grafik helfen, dich zurechtzufinden: Fang einfach oben rechts an zu lesen und arbeite dich nach unten links vor. Viel Spaß dabei wünscht dir TOKYOPOP®!